OCTAVIO PAZ

Claridad errante

Poesía y prosa

FONDO 2000
Cultura para todos

FONDO DE CULTURA ECONÓMICA

MÉXICO

Primera edición, 1996
Segunda reimpresión, 1998

D. R. © 1996, Fondo de Cultura Económica
Carretera Picacho-Ajusco, 227; 14200 México D. F.

ISBN 968-16-5121-9

Impreso en México

FONDO 2000 *se honra al presentar en este volumen una selección de textos de Octavio Paz, uno de los autores más importantes de este siglo. En estas páginas se reúne* Piedra de sol, *poema fundamental de la literatura mexicana contemporánea, con un grupo de poemas breves y textos autobiográficos expresamente elegidos para esta edición por su autor.*

Octavio Paz nació en la ciudad de México en 1914. Desde muy joven empezó a escribir y en 1937 participó en Valencia en el II Congreso Internacional de Escritores Antifascistas. A su regreso a México, en 1938, colaboró en la fundación de Taller, *revista que marcó la aparición de una nueva generación de escritores mexicanos y el inicio de una nueva sensibilidad literaria.*

En 1943 Paz se trasladó a los Estados Unidos donde entró en contacto con la poesía del modernism angloamericano. En 1945 ingresó en el servicio diplomático y fue destinado a París, donde colaboró activamente con el movimiento surrealista.

En 1962 fue nombrado embajador en la India: época importante de su vida que quedó reflejada en obras como El mono gramático *y* Ladera este. *En 1968 renunció a la embajada como protesta por la represión de las manifestaciones estudiantiles en Tlatelolco.*

Desde entonces, Paz continúa su obra y funda dos importantes revistas: Plural *(1971-1976) y* Vuelta *(a partir de 1976). Como ensayista ha publicado una extensa obra, entre cuyos títulos destacan:* El laberinto de la soledad, El arco y la lira, Las peras del olmo, Cuadrivio, Corriente alterna, Conjunciones y disyunciones, Posdata, El signo y el garabato, Los hijos del limo, In/mediaciones, Sor Juana Inés de la Cruz o las trampas de la fe, Tiempo nublado, Sombras de obras, Hombres en su siglo, La otra voz. Poesía y fin de siglo, La llama doble. *Como poeta, destacan sus libros* Libertad bajo palabra, Salamandra, Ladera este, Pasado en claro *y* Árbol adentro.

En 1981 su obra fue reconocida con el Premio Cervantes y en 1990 recibió el Premio Nobel de Literatura.

Algunos poemas

*E*l *día* abre la mano
Tres nubes
Y estas pocas palabras

FÁBULA

A Álvaro Mutis

Edades de fuego y de aire
Mocedades de agua
Del verde al amarillo
           Del amarillo al rojo
Del sueño a la vigilia
           Del deseo al acto
Sólo había un paso que tú dabas sin esfuerzo
Los insectos eran joyas animadas
El calor reposaba al borde del estanque
La lluvia era un sauce de pelo suelto
En la palma de tu mano crecía un árbol
Aquel árbol cantaba reía y profetizaba
Sus vaticinios cubrían de alas el espacio
Había milagros sencillos llamados pájaros

Todo era de todos
                    Todos eran todo
Sólo había una palabra inmensa y sin revés
Palabra como un sol
Un día se rompió en fragmentos diminutos
Son las palabras del lenguaje que hablamos
Fragmentos que nunca se unirán
Espejos rotos donde el mundo se mira destrozado

EN UXMAL

I
LA PIEDRA DE LOS DÍAS

EL SOL es tiempo;
el tiempo, sol de piedra;
la piedra, sangre.

2
MEDIODÍA

La luz no parpadea,
el tiempo se vacía de minutos,
se ha detenido un pájaro en el aire.

3
MÁS TARDE

Se despeña la luz,
despiertan las columnas
y, sin moverse, bailan.

4
PLENO SOL

La hora es transparente:
vemos, si es invisible el pájaro,
el color de su canto.

5
RELIEVES

La lluvia, pie danzante y largo pelo,
el tobillo mordido por el rayo,
desciende acompañada de tambores:
abre los ojos el maíz, y crece.

6
SERPIENTE LABRADA SOBRE UN MURO

El muro al sol respira, vibra, ondula,
trozo de cielo vivo y tatuado:
el hombre bebe sol, es agua, es tierra.
Y sobre tanta vida la serpiente
que lleva una cabeza entre las fauces:
los dioses beben sangre, comen hombres.

LA MIRADA

ENTRE la tarde que se obstina
y la noche que se acumula
hay la mirada de una niña.

Deja el cuaderno y la escritura,
todo su ser dos ojos fijos.
En la pared la luz se anula.

¿Mira su fin o su principio?
Ella dirá que no ve nada.
Es transparente el infinito.

Nunca sabrá que lo miraba.

* * * * *

LAS PALABRAS

Dales la vuelta,
cógelas del rabo (chillen, putas),
azótalas,
dales azúcar en la boca a las rejegas,
ínflalas, globos, pínchalas,
sórbeles sangre y tuétanos,
sécalas,
cápalas,
písalas, gallo galante,
tuérceles el gaznate, cocinero,
desplúmalas,
destrípalas, toro,
buey, arrástralas,
hazlas, poeta,
haz que se traguen todas sus palabras.

LA CALLE

Es UNA calle larga y silenciosa.
Ando en tinieblas y tropiezo y caigo
y me levanto y piso con pies ciegos
las piedras mudas y las hojas secas
y alguien detrás de mí también las pisa:
si me detengo, se detiene;
si corro, corre. Vuelvo el rostro: nadie.
Todo está obscuro y sin salida,
y doy vueltas y vueltas en esquinas
que dan siempre a la calle
donde nadie me espera ni me sigue,
donde yo sigo a un hombre que tropieza
y se levanta y dice al verme: nadie.

MADRUGADA

RÁPIDAS manos frías
retiran una a una
las vendas de la sombra
Abro los ojos
                     todavía
estoy vivo
               en el centro
de una herida todavía fresca

AQUÍ

Mɪs pasos en esta calle
Resuenan
              en otra calle
donde
            oigo mis pasos
pasar en esta calle
donde

Sólo es real la niebla

* * * * *

PALPAR

Mɪs manos
abren las cortinas de tu ser
te visten con otra desnudez
descubren los cuerpos de tu cuerpo
Mɪs manos
inventan otro cuerpo a tu cuerpo

CON LOS OJOS CERRADOS

Cᴏɴ los ojos cerrados
te iluminas por dentro
eres la piedra ciega

Noche a noche te labro
con los ojos cerrados
eres la piedra franca

Nos volvemos inmensos
sólo por conocernos
con los ojos cerrados

CONTIGO

RÁFAGAS turquesa
loros fugaces en parejas
                              Vehemencias
el mundo llamea
                    Un árbol
hirviente de cuervos
arde sin quemarse
                              Quieta
entre los altos tornasoles
                                   eres
una pausa de la luz
                         El día
es una gran palabra clara
palpitación de vocales
                              Tus pechos
maduran bajo mis ojos
                         Mi pensamiento
es más ligero que el aire
                              Soy real
veo mi vida y mi muerte

El mundo es verdadero
Veo
      habito una transparencia

MAITHUNA

Mis ojos te descubren
desnuda
       y te cubren
con una lluvia cálida
de miradas

* * * * *

LA EXCLAMACIÓN

Quieto
     no en la rama
en el aire
       No en el aire
en el instante
        el colibrí

PRÓJIMO LEJANO

Anoche un fresno
a punto de decirme
algo —callóse.

ESCRITURA

Yo DIBUJO estas letras
como el día dibuja sus imágenes
y sopla sobre ellas y no vuelve

VIENTO, AGUA, PIEDRA
A Roger Caillois

EL AGUA horada la piedra,
el viento dispersa el agua,
la piedra detiene al viento.
Agua, viento, piedra.

El viento esculpe la piedra
la piedra es copa del agua,
el agua escapa y es viento.
Piedra, viento, agua.

El viento en sus giros canta,
el agua al andar murmura,
la piedra inmóvil se calla.
Viento, agua, piedra.

Uno es otro y es ninguno:
entre sus nombres vacíos
pasan y se desvanecen
agua, piedra, viento.

HERMANDAD

Homenaje a Claudio Ptolomeo

Soy hombre: duro poco
y es enorme la noche.
Pero miro hacia arriba:
las estrellas escriben.
Sin entender comprendo:
también soy escritura
y en este mismo instante
alguien me deletrea.

* * * * *

EL OTRO

Se inventó una cara.
                              Detrás de ella
vivió, murió y resucitó
muchas veces.
                    Su cara
hoy tiene las arrugas de esa cara.
Sus arrugas no tienen cara.

PRUEBA

Si el hombre es polvo
esos que andan por el llano
son hombres

PUEBLO

Las piedras son tiempo
                    El viento
siglos de viento
                Los árboles son tiempo
las gentes son piedras
                    El viento
vuelve sobre sí mismo y se entierra
en el día de piedra

No hay agua pero brillan los ojos

CONVERSAR

En un poema leo:
conversar es divino.
Pero los dioses no hablan:
hacen, deshacen mundos
mientras los hombres hablan.
Los dioses, sin palabras,
juegan juegos terribles.

El espíritu baja
y desata las lenguas
pero no habla palabras:
habla lumbre. El lenguaje,
por el dios encendido,
es una profecía
de llamas y un desplome

de sílabas quemadas:
ceniza sin sentido.

La palabra del hombre
es hija de la muerte.
Hablamos porque somos
mortales: las palabras
no son signos, son años.
Al decir lo que dicen
los nombres que decimos
dicen tiempo: nos dicen,
somos nombres del tiempo.
Conversar es humano.

* * * * *

NOCTURNO DE SAN ILDEFONSO
(fragmento)

EN LA ventana,
            simulacro guerrero,
                        se enciende y apaga
el cielo comercial de los anuncios.
                        Atrás,
apenas visibles,
            las constelaciones verdaderas.
Aparece,
            entre tinacos, antenas, azoteas,
columna líquida,

más mental que corpórea,
cascada de silencio:
                    la luna.
                                Ni fantasma ni idea:
fue diosa y es hoy claridad errante.

Mi mujer está dormida.
                            También es luna,
claridad que transcurre
                            —no entre escollos de nubes,
entre las peñas y las penas de los sueños:
también es alma.
                        Fluye bajo sus ojos cerrados,
desde su frente se despeña,
                                torrente silencioso,
hasta sus pies,
                en sí misma se desploma
y de sí misma brota,
                        sus latidos la esculpen,
se inventa al recorrerse,
                            se copia al inventarse,
entre las islas de sus pechos
                                es un brazo de mar,
su vientre es la laguna
                        donde se desvanecen
la sombra y sus vegetaciones,
                                fluye por su talle,
sube,
        desciende,
            en sí misma se esparce,
                                se ata

17

a su fluir,
                    se dispersa en su forma:
también es cuerpo.
                              La verdad
es el oleaje de una respiración
y las visiones que miran unos ojos cerrados:
palpable misterio de la persona.

La noche está a punto de desbordarse.
                                        Clarea.
El horizonte se ha vuelto acuático.
                                   Despeñarse
desde la altura de esta hora:
                              ¿morir
será caer o subir,
                    una sensación o una cesación?
Cierro los ojos,
              oigo en mi cráneo
los pasos de mi sangre,
                        oigo
pasar el tiempo por mis sienes.
                                   Todavía estoy vivo.
El cuarto se ha enarenado de luna.
                                   Mujer:
fuente en la noche.
                     Yo me fío a su fluir sosegado.

ANTES DEL COMIENZO

RUIDOS confusos, claridad incierta.
Otro día comienza.
Es un cuarto en penumbra
y dos cuerpos tendidos.
En mi frente me pierdo
por un llano sin nadie.
Ya las horas afilan sus navajas.
Pero a mi lado tú respiras;
entrañable y remota
fluyes y no te mueves.
Inaccesible si te pienso,
con los ojos te palpo,
te miro con las manos.
Los sueños nos separan
y la sangre nos junta:
somos un río de latidos.
Bajo tus párpados madura
la semilla del sol.
                El mundo
no es real todavía,
el tiempo duda:
                  sólo es cierto
el calor de tu piel.
En tu respiración escucho
la marea del ser,
la sílaba olvidada del Comienzo.

COMO QUIEN OYE LLOVER

ÓYEME como quien oye llover,
ni atenta ni distraída,
pasos leves, llovizna,
agua que es aire, aire que es tiempo,
el día no acaba de irse,
la noche no llega todavía,
figuraciones de la niebla
al doblar la esquina,
figuraciones del tiempo
en el recodo de esta pausa,
óyeme como quien oye llover,
sin oírme, oyendo lo que digo
con los ojos abiertos hacia adentro,
dormida con los cinco sentidos despiertos,
llueve, pasos leves, rumor de sílabas,
aire y agua, palabras que no pesan:
lo que fuimos y somos,
los días y los años, este instante,
tiempo sin peso, pesadumbre enorme,
óyeme como quien oye llover,
relumbra el asfalto húmedo,
el vaho se levanta y camina,
la noche se abre y me mira,
eres tú y tu talle de vaho,
tú y tu cara de noche,
tú y tu pelo, lento relámpago,
cruzas la calle y entras en mi frente,
pasos de agua sobre mis párpados,
óyeme como quien oye llover,

el asfalto relumbra, tú cruzas la calle,
es la niebla errante en la noche,
es la noche dormida en tu cama,
es el oleaje de tu respiración,
tus dedos de agua mojan mi frente,
tus dedos de llama queman mis ojos,
tus dedos de aire abren los párpados del tiempo,
manar de apariciones y resurrecciones,
óyeme como quien oye llover,
pasan los años, regresan los instantes,
¿oyes tus pasos en el cuarto vecino?
no aquí ni allá: los oyes
en otro tiempo que es ahora mismo,
oye los pasos del tiempo
inventor de lugares sin peso ni sitio,
oye la lluvia correr por la terraza,
la noche ya es más noche en la arboleda,
en los follajes ha anidado el rayo,
vago jardín a la deriva
—entra, tu sombra cubre esta página.

CARTA DE CREENCIA
(fragmento final)

3

Amor, isla sin horas,
isla rodeada de tiempo,
                    claridad
sitiada de noche.

                         Caer
es regresar,
                    caer es subir.

Amar es tener ojos en las yemas,
palpar el nudo en que se anudan
quietud y movimiento.
                              El arte de amar
¿es arte de morir?
                         Amar
es morir y revivir y remorir:
es la vivacidad.
                    Te quiero
porque yo soy mortal
y tú lo eres.
                    El placer hiere,
la herida florece.
En el jardín de las caricias
corté la flor de sangre
para adornar tu pelo.
La flor se volvió palabra.
La palabra arde en mi memoria.

Amor:
        reconciliación con el Gran Todo
y con los otros,
                        los diminutos todos
innumerables.
                    Volver al día del comienzo.
Al día de hoy.

La tarde se ha ido a pique.
Lámparas y reflectores
perforan la noche.
                         Yo escribo:
hablo contigo:
                    hablo conmigo.
Con palabras de agua, llama, aire y tierra
inventamos el jardín de las miradas.
Miranda y Ferdinand se miran,
interminablemente, en los ojos
—hasta petrificarse.
                              Una manera de morir
como las otras.
                      En la altura
las constelaciones escriben siempre
la misma palabra;
                           nosotros,
aquí abajo, escribimos
nuestros nombres mortales.
                                    La pareja
es pareja porque no tiene Edén.
Somos los expulsados del Jardín,
estamos condenados a inventarlo
y cultivar sus flores delirantes,
joyas vivas que cortamos
para adornar un cuello.
                              Estamos condenados
a dejar el Jardín:
                         delante de nosotros
está el mundo.

Coda

Tal vez amar es aprender
a caminar por este mundo.
Aprender a quedarnos quietos
como el tilo y la encina de la fábula.
Aprender a mirar.
Tu mirada es sembradora.
Plantó un árbol.
                    Yo hablo
porque tú meces los follajes.

Evocación de Mixcoac

Yo no nací en Mixcoac pero allá viví durante toda mi niñez y buena parte de mi juventud. Apenas tenía unos meses de edad cuando los azares de la Revolución nos obligaron a dejar la ciudad de México; mi padre se unió, en el Sur, al movimiento de Zapata, con Antonio Díaz Soto y Gama y otros jóvenes, mientras mi madre se refugió, conmigo, en Mixcoac, en la vieja casa de mi abuelo paterno. Llegué en 1914 y no me moví de allí sino hasta 1937, año de mi primera salida de México: casi un tercio de mi vida. Mixcoac ha cambiado mucho. Hoy es un suburbio anónimo de la ciudad pero en la época prehispánica fue un señorío azteca; más tarde, desde la Conquista, la cabeza de un municipio con autoridades propias, iglesias, conventos, edificios civiles, barrios pintorescos y algo que es muy difícil definir: un alma, una tradición. A fines del siglo XIX Mixcoac se convirtió en un lugar en donde las familias de la capital pasaban las temporadas de fiestas y vacaciones. Las casas eran espaciosas y abundaban los jardines. La Revolución terminó con ese género de vida pero no con Mixcoac. El pueblo que yo conocí todavía estaba vivo aunque en decadencia. La cercanía de la muerte le daba cierta secreta, indefinible melancolía no exenta de nobleza. Mixcoac todavía habitaba su pasado.

Con los ojos de la memoria lo recorro ahora, calladamente. Comienzo mi paseo imaginario por la calle de Goya, que entonces se llamaba de las Flores. Árboles corpulentos y casas severas, un poco tristes. Animaban la soledad de la calle el blanco Colegio de las Teresianas y, a la hora de entrada y salida de clases, los blancos uniformes de las muchachas. Voces de mujeres y piar de pájaros, revoloteo de alas y de faldas. Casi al final, la casa de los G. Eran amigos de mi familia y a veces yo acompañaba a mi abuelo en sus visitas. Se abría el portón y entrábamos en un vestíbulo amplio y un poco obscuro; nos recibía un moro de turbante y cimitarra —imposible no pensar en Venecia y el séquito de Otelo—, en lo alto de la diestra una lámpara en forma de antorcha y que señalaba el camino. Pero el foco de la lámpara casi siempre estaba fundido. Recuerdo un corredor de altas macetas, flores blancas y rosadas (¿camelias?), un piso de ladrillo rojo y, separado por una pequeña balaustrada, un patio con limoneros y naranjos. En la sala de azules desvaídos nos esperaba la dueña de la casa, una vieja señora acompañada por algún pariente. A veces la conversación se interrumpía por la llegada de Manuelito, un sesentón hijo o sobrino de la señora de la casa, en el pecho la banda tricolor. Se acercaba con deferencia a mi abuelo, lo invitaba a la ceremonia de su inminente toma de posesión como Presidente de la República y le pedía consejo sobre la composición de su futuro gabinete. Nadie daba muestras de extrañeza y al poco tiempo la conversación continuaba.

La calle de las Flores era digna sin ostentación. Su vecina, la calle de la Campana, era ancha y como ufana de su prestancia. No había sido trazada a cordel y avanzaba entre curvas y rodeos, no porque titubease o estuviese insegura de su dirección sino porque quería recorrerse paso a paso para contemplarse mejor. Era la mejor calle de Mixcoac. Casas sólidas de comienzos del siglo XIX. Muchas tenían ventanas de cuerpo entero, rejas a la andaluza, visillos blancos y persianas de madera. Desde la calle se vislumbraban habitaciones altas, solitarias y en penumbra. Reserva hispanoárabe: la verdadera vida bullía en el interior de la casa. Muros fuertes de color ocre, jardines vastos y sombríos, vuelos de muchos pájaros, los ladridos de algún perro de raza y sobre las altas tapias el océano ondulante de los follajes. Cielos azules, verdes intensos y la blancura luminosa de las nubes. La calle de la Campana se unía, al final, con el río de Mixcoac. Un puentecillo de piedra, niños harapientos y perros flacos. El río era un hilo de agua negruzca y fétida, un arroyo seco la mitad del año. Lo redimían los eucaliptos de sus orillas. Años después lo cegaron y derribaron aquellos árboles venerables.

La calle de la Campana y el río desembocaban en la estación de los tranvías. Una explanada sin carácter pero, de nuevo, redimida por los árboles. De Tacubaya a Mixcoac los trenes corrían sobre un terraplén. Las dos vías estaban bordeadas por dos hileras de altos fresnos, un túnel verde, iluminado en la noche por las chispas eléctricas de los troles. Los tranvías eran enormes, cómodos y amarillos. Los de segunda clase olían a verduras y frutas; los agricultores transportaban en huacales sus mercancías a San Juan y a la Merced. Los tranvías iban, hacia el norte, a México y, hacia el sur, a San Ángel y al remoto Tizapán de resonancias zapatistas. Tardaban cincuenta minutos de Mixcoac al Zócalo. Mientras fui estudiante —más de diez años— viajé en esos tranvías cuatro veces al día: en ellos preparé mis clases y leí novelas, poemas, tratados de filosofía y folletos políticos. También abordé, con varia fortuna, a jóvenes pasajeras. En la estación había un puesto de periódicos, algunos comercios y una cantina. Nos prohibían la entrada a los menores y yo escuchaba, desde la puerta, las risotadas y el ruido de las fichas de dominó al rodar por las mesas. Cerca, una panadería albeante y, entrevistas un instante entre una puerta y un mostrador, las albeantes hijas del panadero asturiano. Eran pan, manzanas y queso en un mantel sobre un prado: nostalgia de la sidra, la gaita y el tambor. Al otro lado de la explanada, el edificio del mercado, algarabía de colores y voces, confusión mareante de olores y sudores. Bajo el gran sol del altiplano fermentan los hombres, las substancias, las pasiones, los siglos. Pero, al doblar la esquina, ¡ah, la nieve de limón!

Cerca de la estación de los tranvías estaba la escuela primaria oficial para varones (todavía existe). Una construcción digna, un poco triste, de muros espesos y grandes ventanales. Desarbolada pero con buenas canchas de basquetbol. Yo era aficionado a ese juego y por esto trabé amistad con muchachos de esa escuela. En aquella época, al contrario de lo que ocurre ahora, las instituciones educativas del gobierno gozaban de gran prestigio y aquel colegio rivalizaba con los dos privados, el francés de los hermanos de La Salle (El Zacatito) y el Williams, inglés. Su director, un profesor Santamaría, era nuestro vecino. Excelente persona y buen maestro. Cuando estudiaba el tercer año de secundaria tuve dificultades con la Física, tomé lecciones particulares con él y salí airoso del examen. Es notable que en un perímetro relativamente pequeño, limitado por lo que hoy son las avenidas Revolución e Insurgentes, la Calzada de San Antonio y la Plaza de Mixcoac, hubiese seis escuelas, tres de varo-

nes y tres de niñas, dos del gobierno, dos priva-
das católicas y dos privadas laicas.

Hacia Tacubaya, por la vía del tren, unos mil
metros más adelante de la escuela oficial, se lle-
gaba a las soberbias villas de ladrillo rojo de los
Limantour, inesperada aparición de la campiña
inglesa en la meseta mexicana. Esas residencias
se habían transformado en colegios: el Williams
de varones y el Barton de señoritas. En el Wil-
liams terminé la primaria. Los profesores eran
ingleses y mexicanos. Se cultivaba el cuerpo pero
como energía y combate. Una educación destina-
da a producir inteligentes y activos animales de
presa. Se exaltaban las virtudes viriles: la tenaci-
dad, el valor, la lealtad y la agresividad. Mucha
aritmética, geometría y geografía aunque sin des-
cuidar el lenguaje. No las reglas ni la teoría: la
práctica. Nos enseñaban a usarlo como un uten-
silio o un arma, una prolongación de la mano.
Paradojas de la moral inglesa: gozábamos de gran
libertad pero había un calabozo para los reinci-
dentes y los castigos físicos no eran desconoci-
dos. ¿Cuál era la religión del colegio? Creo que la
familia Williams era anglicana, algunos de los
profesores eran quizá católicos y otros protes-
tantes (nunca lo supimos a ciencia cierta), pero
lo que predominaba era un vago deísmo. En El
Zacatito las creencias eran un asunto de la comu-
nidad; en el Williams *a private opinion*.

El edificio era hermoso aunque mal adaptado
a las necesidades de un colegio (a la inversa de El

Zacatito). Por ejemplo, mi salón de clases estaba en lo que habían sido las caballerizas. La entrada era palaciega: un parque de amplias y elegantes proporciones, muchos árboles y, en el centro, una fuente. El conjunto era frío y correcto. El pabellón principal, en donde estaban las oficinas, el comedor de los alumnos y el de los profesores, la sala de visitas y el salón de actos, era una interpretación fantasiosa pero agradable del estilo Tudor. Las oficinas del director eran sobrias sin austeridad. Estaban hechas para recibir sin perder las distancias. Cortesía y reserva. La secretaria era su hermana, una joven inglesa espigada, de pelo castaño claro y facciones regulares. Era atractiva y marmórea. Yo la veía con asombro y turbación; era el otro sexo y, sobre todo, era el más allá, la otra raza. El colegio tenía campos de futbol y beisbol, duchas de agua helada y una sala de debates para los alumnos mayores. Estoicismo y democracia: el chorro de agua fría y la discusión en el ágora. En el colegio Williams me inicié (sin saberlo) en el método inductivo, aprendí inglés y un poco de boxeo. También, el arte de trepar por los árboles y el arte de quedarse solo, en una horqueta, escuchando a los pájaros. Cuarenta años más tarde descubrí, leyendo *The Prelude,* que Wordsworth había tenido experiencias semejantes en su niñez. Quizá la verdadera imaginación, a diferencia de la fantasía, consiste en ver la realidad de todos los días —con los ojos del primer día.

Adelante del Colegio Williams y siguiendo siempre la vía del tren, se llegaba a una extraña construcción morisca. ¡La Alhambra en Mixcoac! Parecía transportada por uno de los genios de los cuentos árabes. Aquella fantasía sarracena tenía un jardín frondoso y accidentado por el que corría, entre túneles, montañas, lagos y precipicios, un ferrocarril eléctrico que nos maravillaba. La casa morisca del licenciado Serralde ha sobrevivido a las injurias del progreso y todavía está en pie, aunque sus techos se han derrumbado y se ha caído una parte de la ornamentación árabe de los muros. El jardín es ahora un supermercado. Al lado de la mansión mudéjar, la cueva de los prodigios: cada jueves, día de asueto, abría sus puertas el cine y durante tres horas, con mis primos y primas, me reía con Buster Keaton, saltaba con Delgadillo desde un rascacielos, cabalgaba con Douglas Fairbanks, raptaba a la voluptuosa hija del sultán de Bagdad y lloraba con la huérfana de la aldea. Pasaron unos años y el rito cambió de día, lugar y divinidades: cumplí quince años y cada domingo, en *grande tenue de soupirant*, como dice Nerval, me presentaba en el Cine Jardín, no para cortejar a una Jenny Colon de carne sino a unos bellos pero impalpables fantasmas.

Hacia abajo y por la misma calle estaba la Plazuela de San Juan. Frente a frente una iglesia diminuta del siglo XVII y dos casas grandes. Una era de los Gómez Farías, una construcción de fines del siglo XVIII, vasta y de noble fachada; la otra casa era la de mi abuelo, afrancesada como toda la arquitectura mexicana de principios de siglo. Dos portales, un tendejón, una pulquería y, en la plaza, los infaltables y gigantescos fresnos. ¡Junto a ellos qué pequeña se veía la iglesia! Yo miraba con asombro sus cortezas rugosas y los tocaba con manos incrédulas: parecían de piedra. Eran tiempo petrificado pero que reverdecía en sus follajes. En el sombrío jardín de nuestros vecinos, entre pinos, cedros y rosales, se levantaba un pequeño monumento cubierto por una madreselva. Era la tumba de don Valentín Gómez Farías, prócer jacobino y autor de las primeras leyes en contra de la Iglesia. Por la violencia de sus opiniones anticlericales, la jerarquía eclesiástica le había negado sepultura en el pequeño cementerio de la vecina parroquia. La familia había decidido enterrarlo en el jardín de su casa y aunque todo esto había ocurrido un siglo antes, sus descendientes no habían movido sus restos, tal vez por fidelidad a su memoria. Las malas lenguas decían que guardaban la calavera en una alacena. Visité muchas veces esa casa pero nunca pude descubrir la misteriosa alacena.

La Plazuela de San Juan colindaba con unos llanos amarillentos, en los que sesteaban vacas abúlicas, burros resignados y mulas indómitas. Yo intenté montar una y fui ignominiosamente derribado y coceado. Había unos hoyos inmensos: las "ladrilleras", excavaciones hechas para extraer tierra y fabricar adobes. Las habitaban tribus de cavernícolas que nos producían terror. En realidad, eran trabajadores que vivían en aquellas hondonadas. Hoy las "ladrilleras" son un hermoso parque que lleva el nombre de un poeta delicado: Luis Urbina. Fue diseñado, si no me equivoco, por japoneses pero las autoridades lo han recargado inútilmente con reproducciones del arte prehispánico. Nupcias funestas de la manía didáctica y del furor nacionalista. Más allá, atravesando la calzada de Insurgentes, la grácil capilla de San Lorenzo —más para gorriones que para seres humanos— rodeada de las casas de los artesanos del barrio. Sobresalían los coheteros, poetas de los fuegos de artificio. Yo veía al maestro Pereira y a sus aprendices como a genios dueños del secreto de la transformación del fuego en colores, formas y figuras danzantes.

Frente a los llanos, allí donde terminaban las casas y comenzaban las "ladrilleras", vivían Ifigenia y Elodio. Su casa, pequeñísima y casi colgada sobre una de las enormes hondonadas, era de adobe. El piso era de tierra. Pintada de azul y blanco, la rodeaba una cerca de magueyes y nopales espinosos. Tenía un patio; en el patio, un pozo de agua potable y un pirú perennemente verde, rumoroso en los días de viento. En un costado, en unos cuantos metros, ondeaba un campo de maíz. Elodio e Ifigenia venían de las profundidades del Ajusco, la gran montaña que domina el sur del valle de México. Los dos volcanes son blancos y azules; el Ajusco es obscuro y rojizo; Elodio e Ifigenia tenían el color de su montaña. Indios viejos, hablaban todavía nahua y su español, salpicado de aztequismos y diminutivos, era dulce y cantante. Hacía muchos años, él había sido jardinero de mis abuelos y ella había dejado en nuestra casa una leyenda de cuentos y prodigios. Yo los veía como familia y ellos, que no habían tenido hijos, me trataban como a un nieto adoptivo. Elodio tenía una pierna de palo que me recordaba a los piratas de los cuentos. Era reservado y cortés —salvo durante sus estrepitosas borracheras— y me enseñó a lanzar piedras con una honda. Con ella combatí en algunas furiosas batallas infantiles. También tiraba contra los pájaros; por fortuna nunca he tenido buena puntería.

Ifigenia era lo contrario de su marido. Arrugada, sentenciosa, vivaz, niña vieja con un saber de siglos, fuente manando siempre maravillas, más que una abuela era una leyenda andante, un personaje de uno de sus cuentos. Era bruja y curandera, me contaba historias, me regalaba amuletos y escapularios, me hacía salmodiar conjuros contra los diablos, los fantasmas, las enfermedades, las malas ideas. Yo fui el último de sus protegidos; por su casa habían pasado antes mis primos y primas, mayores que yo. Ifigenia me inició en los misterios del *temascal*, el tradicional baño azteca que recuerda al baño turco y al sauna finés. Pero el temascal no era sólo una práctica higiénica y un placer corporal: era un rito de comunión con el agua, el fuego y las criaturas incorpóreas que engendran los vapores. Ifigenia me enseñó a frotarme con un zacate y con hierbas que ella cultivaba. Decía que el temascal más que un baño era volver a nacer. Y era verdad: al salir del baño yo sentía que regresaba de un largo viaje al comienzo del tiempo. Viaje inmóvil, con los ojos cerrados pero despiertos los sentidos y el espíritu.

Ifigenia me abrió las puertas del mundo indio, celosamente cerradas por la educación moderna. ¿Qué relación tenía lo que ella me reveló con lo que me enseñaban en El Zacatito y después en el Colegio Williams? Sólo años más tarde descubrí que su nombre no era el de una divinidad azteca sino el de una desventurada muchacha griega. Además de este contacto directo con la tradición india todavía viva, tuve otros con su historia y con su pasado. En la biblioteca de mi abuelo hojeaba embelesado muchos libros de historia antigua de México, casi todos abundantemente ilustrados. No tardé en encontrar, en Mixcoac mismo, una de las estampas de los libros de mi abuelo. Una mañana de asueto, durante un paseo con mis primas y primos por las afueras del pueblo, tropezamos con un montículo que nos pareció ser una diminuta pirámide. Regresamos alborozados y contamos nuestro hallazgo a los mayores. Sonrientes, movieron la cabeza: creyeron que se trataba de otra invención de María Luisa, una de mis primas, que había creado toda una mitología con unos seres misteriosos, no más grandes que las hormigas y que, según ella, habitaban el interior del tronco y de las ramas de una higuera. Sin embargo, a los pocos días nos visitó el arqueólogo Manuel Gamio, uno de los fundadores de la moderna antropología mexicana y amigo antiguo de nuestra familia. Oyó sin inmutarse nuestro relato y esa misma tarde lo guiamos hacia el sitio de nuestro descubrimiento. Al ver el montículo —después ha sido identificado y reconstruido— nos explicó que probablemente era un santuario consagrado a Mixcoatl, la divinidad que dio el nombre a nuestro pueblo antes de la Conquista. Mixcoatl es un dios celeste y guerrero; aparece en los códices con el cuerpo pintado de azul obscuro con puntos blancos (las estrellas) y un antifaz negro: la faz del cielo nocturno.

La calle de San Juan era también ancha y sinuosa, como la de la Campana. Además, era interminable. No tenía la melancolía de las Flores ni el señorío de la Campana. En cambio, era familiar sin vulgaridad, reservada sin hosquedad, modesta sin afectación. Me recordaba a mi madre, que me decía: procura ser modesto, ya que no humilde. La humildad es de santos, la modestia de gente bien nacida. De trecho en trecho, para aliviar el camino, habían plantado, como si fuesen patrullas de centinelas inmóviles, grupos de "truenos". Me encantaban esos arbolillos aunque no acertaba a descubrir su relación con los truenos que me estremecían en las noches de temporal. Uno de mis profesores en el colegio de El Zacatito, el hermano Antoine, me aclaró: no son truenos sino *troènes*. En francés, unos arbustos. ¡Ah! respondí aturullado. Esa tarde busqué en el diccionario francés-español el significado de *troène:* alheña. Ante esa palabra árabe mi confusión fue mayor. Seguí buscando y encontré otro enigma, ahora latino: ligustro. Pero ¿qué es ligustro? Alhaña. ¿Y qué es alhaña? Ligustro. Perversidad de los diccionarios: las definiciones circulares. La calle de San Juan, como todas las de Mixcoac, estaba empedrada. Los años, las inclemencias naturales y la incuria municipal habían dañado el pavimento. En la temporada de lluvias la calle se volvía un riachuelo impetuoso. En las tardes, a la salida del colegio, nos quitábamos los zapatos para chapotear en el agua lodosa. En septiembre, cuando disminuyen las lluvias, los charcos eran numerosos. Yo veía las nuebes navegar pausadamente sobre el agua estancada. A veces, precedidos por unas burbujas, aparecían diminutos batracios. En la estación seca la tierra era fina y de color ocre. Las canicas trazaban sobre el suelo geometrías fantásticas y los trompos dibujaban vertiginosas espirales.

San Juan desembocaba en la Plaza Jáuregui, el corazón de Mixcoac. Primero, el pórtico de columnas cuadradas del decimonónico colegio de niñas Enrique Olavarría y Ferrari. (En la biblioteca de mi abuelo se guardaban los tres ponderosos tomos de su *Historia del teatro en México,* en pastas rojas.) Como si hojease un libro de estampas, aparece ante mí la plaza, con sus edificios y sus árboles. En el centro, el kiosko, las bancas de fierro pintadas de verde, los senderillos entre los prados, por donde paseaban las muchachas y los muchachos a la salida de misa o en las noches de fiesta, el corro de los fresnos y el círculo, más íntimo, de los pinos. El Palacio Municipal (hoy Casa de la Cultura), también del siglo XIX, edificio sobrio, espacioso y de grandes balcones. Desde allí el alcalde, cada 15 de septiembre, hacía ondear la bandera y vitoreaba a Hidalgo y a los otros héroes. (Entre las dos plazas se distribuían los grandes festejos: en la de San Juan se celebraba el día de la Virgen de Guadalupe y en la Jáuregui la Independencia.) Enfrente del Palacio Municipal hay una construcción rojiza del siglo XVIII. Tiene un patio armonioso, rodeado de arcadas robustas y una diminuta capilla barroca, toda dorada. El edificio hoy es una universidad privada; en aquellos años la habían dividido en viviendas y en una de ellas vivía mi tía Victoria, casi centenaria, devota y siempre suspirando por su Guadalajara y por "aquellos paseos en el Parque de Agua Azul". Al oír aquel nombre yo veía abrirse las nubes y brotar cascadas de agua celeste. En el extremo oriental, un poco escondido por los árboles del atrio, blanco como un inmenso palomar, el convento de Santo Domingo. Es hermoso y contemplarlo al atardecer serena el ánimo. A la desaparición de las órdenes religiosas, **39** se había convertido en la Parroquia de Mixcoac. Durante el mes de mayo, a la entrada del atrio, esperábamos a las muchachas que iban a ofrecer flores a la Virgen: nardos, azucenas, lirios. A un lado del Palacio Municipal había varias casas de adustos portones, rejas y jardines. En la fachada de una de ellas una placa en la que se decía que allí Lizardi había escrito *El Periquillo,* la primera novela mexicana.

Ya fuera de la Plaza, en la calle de Actipan, se encontraba la vieja hacienda de El Zacatito, transformada por los hermanos de la orden de La Salle en un colegio. Un edificio grande, con un patio de pesadas columnas rectangulares, grandes salones, una capilla con un coro (famoso entre los entendidos) y las habitaciones de los hermanos. En todos los muros, crucifijos y estampas sagradas. Sin embargo, la construcción evocaba, más que a la piedad, a la utilidad. No la gracia sino la razón práctica. Sus proporciones y su disposición podían compararse a una proposición racional, destinada no a despertar inquietudes sino a confirmar las creencias y las convicciones. Pero sin nostalgias ni complacencias: era un colegio a un tiempo conservador y moderno, decidido a enseñarnos a navegar en las agitadas aguas del naciente siglo xx. Campos de futbol, el juego favorito (en el Williams reinaba el beisbol) y una extensa huerta en la que los hermanos cultivaban con arte y eficiencia muchas legumbres. Sin descuidar a las ciencias y a los conocimientos útiles, nuestros maestros subrayaban la enseñanza del lenguaje y la gramática. El lenguaje claro, decían, ayuda a pensar. Más exactamente: nos obliga a pensar. Los libros de lectura eran excelentes aunque expurgados de herejías liberales y limpios de molicie y sensualidad, aun la más inocente. Desde la Contrarreforma, el combate de la Iglesia contra el cuerpo no ha sido menos despiadado que su lucha contra las heterodoxias... En El Zacatito estudié los cuatro primeros años de la primaria, aprendí (y muy bien) los rudimentos de la gramática, la aritmética, la geografía, la historia de México (menos bien) y la historia sagrada. Debo decirlo: la historia sagrada era (es) prodigiosa, incluso en las versiones endulzadas del hermano Charles y del hermano Antoine. En la capilla me aburría durante las misas interminables. Para escapar del suplicio de ese ocio obligado y de la dureza de las bancas, me di a urdir fantasías y quimeras licenciosas. Así descubrí al pecado y temblé ante la idea de la muerte. En los campos jugué futbol, tuve peleas, sufrí castigos (horas y horas frente a una pared) y, en los juegos y travesuras con mis amigos y compañeros, di los primeros pasos en ese camino que recorremos todos los hombres: los corredores del tiempo y de la historia. Una tarde, al salir corriendo del colegio, me detuve de pronto; me sentí en el centro del mundo. Alcé los ojos y vi, entre dos nubes, un cielo azul abierto, indescifrable, infinito. No supe qué decir: conocí el entusiasmo y, tal vez, la poesía.

Epitafio sobre ninguna piedra

Mixcoac fue mi pueblo: tres sílabas nocturnas,
un antifaz de sombra sobre un rostro solar.
Vino Nuestra Señora, la Tolvanera madre.
Vino y se lo comió. Yo andaba por el mundo.
Mi casa fueron mis palabras, mi tumba el aire.

México, 1989

Infancia e historia

*M*uchas veces se me ha hecho esta pregunta: ¿por qué, para qué y para quiénes escribió *El laberinto de la soledad?* Hay muchas respuestas. La más simple y directa está en mi infancia. Tres momentos de mi niñez me marcaron para siempre y todo lo que he escrito acerca de mi país no ha sido, quizá, sino la respuesta a esas experiencias de infantil desamparo. Respuesta incansablemente reiterada y, en cada ocasión, distinta. La primera experiencia es también mi primer recuerdo. ¿Qué edad tendría? No sé, tres o cuatro años quizá. En cambio, es muy vívida la memoria del lugar: una pequeña sala cuadrangular en una vieja casona de Mixcoac. Mi padre se "había ido a la Revolución", como se decía entonces, y mi madre y yo nos refugiamos con mi abuelo, Ireneo Paz, patriarca de la familia. Las vicisitudes de aquellos años lo habían obligado a dejar la ciudad y trasladarse a la casa de campo que poseía en Mixcoac. Yo viví y crecí en ese pueblo, aunque no en la misma casa, salvo una temporada que pasé en Los Ángeles. Lo dejé cuando acababa de cumplir los veintitrés años. La casa todavía existe y hoy es un convento de religiosas. Hace poco la visité y apenas si pude reconocerla: las monjas han convertido en celdas las estancias y el jardín; en capilla, la terraza. No importa: queda la imagen y quedan las sensaciones de extrañeza y desamparo.

Me veo, mejor dicho: veo una figura borrosa, un bulto infantil perdido en un inmenso sofá circular de gastadas sedas, situado justo en el centro de la pieza. Con cierta inflexibilidad, cae la luz de un alto ventanal. Deben ser las cinco de la tarde pues la luz no es muy intensa. Muros empapelados de un desvaído amarillo con dibujos de guirnaldas, tallos, flores, frutos: emblemas del tedio. Todo real, demasiado real; todo ajeno, cerrado sobre sí mismo. Una puerta da al comedor, otra a la sala y la tercera, lateral y con vidrieras, a la terraza. Las tres están abiertas. La pieza servía de antecomedor. Rumor de risas, voces, tintineo de vajillas. Es día de fiesta y celebran un santo o un cumpleaños. Mis primos y primas, mayores, saltan en la terraza. Hay un ir y venir de gente que pasa al lado del bulto sin detenerse. El bulto llora. Desde hace siglos llora y nadie lo oye. Él es el único que oye su llanto. Se ha extraviado en un mundo que es, a un tiempo, familiar y remoto, íntimo e indiferente. No es un mundo hostil: es un mundo extraño, aunque familiar y cotidiano, como las guirnaldas de la pared impasible, como las risas del comedor. Instante interminable: oírse llorar en medio de la sordera universal... No recuerdo más. Sin duda mi madre me calmó: la mujer es la puerta de reconciliación con el mundo. Pero la sensación no se ha borrado ni se borrará. No es una herida, es un hueco. Cuando pienso en mí, lo toco; al palparme, lo palpo. Ajeno siempre y siempre presente, nunca me deja, presencia sin cuerpo, mudo, invisible, perpetuo testigo de mi vida. No me habla pero yo, a veces, oigo lo que su silencio me dice: esa tarde comenzaste a ser tú mismo; al descubrirme, descubriste tu ausencia, tu hueco: te descubriste. Ya lo sabes: eres carencia y búsqueda.

Los azares de la guerra civil llevaron a mi padre a los Estados Unidos. Se instaló en Los Ángeles, en donde vivía una numerosa colonia de desterrados políticos. Un tiempo después lo seguimos mi madre y yo. Apenas llegamos, mis padres decidieron que fuera al *kindergarden* del barrio. Tenía seis años y no hablaba una sola palabra de inglés. Recuerdo vagamente el primer día de clases: la escuela con la bandera de los Estados Unidos, el salón desnudo, los pupitres, las bancas duras y mi azoro entre la ruidosa curiosidad de mis compañeros y la sonrisa afable de la joven profesora, que procuraba aplacarlos. 45

Era una escuela angloamericana y sólo dos de los alumnos eran de origen mexicano, aunque nacidos en Los Ángeles. Aterrorizado por mi incapacidad de comprender lo que se me decía, me refugié en el silencio. Al cabo de una eternidad llegó la hora del recreo y del *lunch*. Al sentarme a la mesa descubrí con pánico que me faltaba una cuchara; preferí no decir nada y quedarme sin comer. Una de las profesoras, al ver intacto mi plato, me preguntó con señas la razón. Musité: "cuchara", señalando la de mi compañero más cercano. Alguien repitió en voz alta: "¡cuchara!" Carcajadas y algarabía: "¡cuchara, cuchara!" Comenzaron las deformaciones verbales y el coro de las risotadas. El bedel impuso silencio pero a la salida, en el arenoso patio deportivo, me rodeó el griterío. Algunos se me acercaban y me echaban a la cara, como un escupitajo, la palabra infame: *¡cuchara!* Uno me dio un empujón, yo intenté responderle y, de pronto, me vi en el centro de un círculo: frente a mí, con los puños cerrados y en actitud de boxeo, mi agresor me retaba gritándome: "¡cuchara!" Nos liamos a golpes hasta que nos separó un bedel. Al salir nos reprendieron. No entendí ni jota del regaño y regresé a mi casa con la camisa desgarrada, tres rasguños y un ojo entrecerrado. No volví a la escuela durante quince días; después, poco a poco, todo se normalizó: ellos olvidaron la palabra *cuchara* y yo aprendí a decir

spoon.

Cambió la situación política de México y volvimos a Mixcoac. Fieles a las tradiciones familiares mis padres me matricularon en un colegio francés de la orden de La Salle. Aunque yo hablaba el inglés, no había olvidado el español. Sin embargo, mis compañeros no tardaron en decidir que era un extranjero: un gringo, un franchute o un gachupín, les daba lo mismo. El saberme recién llegado de los Estados Unidos y mi facha —pelo castaño, tez y ojos claros— podrían tal vez explicar su actitud; no enteramente: mi familia era conocida en Mixcoac desde principios del siglo y mi padre había sido diputado por esa municipalidad. Volvieron las risas y las risotadas, los apodos y las peleas, a veces en el campo de futbol del colegio y otras en una callejuela cercana a la parroquia. Con frecuencia regresaba a mi casa con un ojo amoratado, la boca rota o la cara rasguñada. Mis familiares se inquietaron pero, con buen acuerdo, decidieron no intervenir: las cosas se calmarían poco a poco, por sí mismas. Así fue, aunque la inquina persistió: el menor pretexto bastaba para que volviesen a brotar las acostumbradas invectivas.

La experiencia de Los Ángeles y la de México me apesadumbraron durante muchos años. A veces pensaba que era culpable —con frecuencia somos cómplices de nuestros persecutores— y me decía: sí, yo no soy de aquí ni de allá. Entonces, ¿de dónde soy? Yo me sentía mexicano —el apellido Paz aparece en el país desde el

siglo XVI, al otro día de la Conquista— pero *ellos*
no me dejaban serlo. En una ocasión acompañé
a mi padre en una visita a un amigo al que, con
razón, admiraba: Antonio Díaz Soto y Gama, el
viejo y quijotesco revolucionario zapatista. Estaba
en su despacho con varios amigos y, al verme,
exclamó dirigiéndose a mi padre: "¡Caramba, no
me habías dicho que tenías un hijo visigodo!"
Todos se rieron de la ocurrencia pero yo la oí
como una condena.

Aunque el trasfondo de las tres experiencias
es semejante —el sentimiento de separación—
cada una es distinta. La primera es universal y
común a todos los hombres y las mujeres. Los
teólogos, los filósofos y los psicólogos han es-
crito muchas páginas sobre ella; ha sido un tema
de elección de grandes poetas y los novelistas no
han cesado de explorar sus vericuetos. Somos
hijos de Adán, el primer desterrado. La experien-
cia nos enfrenta a la indiferencia universal, la del
cosmos y la de nuestros semejantes; al mismo
tiempo, es el origen de la sed de totalidad y par-
ticipación que todos padecemos desde nuestro
nacimiento. La segunda y la tercera son de orden
histórico y son la consecuencia de esa realidad
que es la materia prima de la organización políti-
ca: el grupo humano, la comunidad. Nada más
natural que un niño mexicano se sienta extraño
en una escuela norteamericana pero es atroz que
los otros niños, por el mero hecho de ser extran-
jero, lo injurien y lo golpeen. Atroz, natural y tan

antiguo como las sociedades humanas. No en balde los suspicaces atenienses inventaron el delito de ostracismo para los sospechosos. Y el extranjero es siempre un sospechoso. La tercera experiencia se inscribe en esta última categoría: yo no era, claramente, un extranjero pero, por mi apariencia y otras circunstancias físicas y morales, era un sospechoso. Así, mis compañeros me condenaron al destierro, no fuera de mi patria sino dentro de ella.

No soy, por supuesto, el primero que ha sufrido esta condena. Tampoco seré el último. Sin embargo, aunque es un hecho que pertenece a todos los tiempos y a todos los sitios, unos pueblos son más propensos que los otros a descubrir sospechosos por todas partes... y a condenarlos con el ostracismo, fuera o dentro de la ciudad. Ya mencioné a los atenienses. Otro pueblo corroído por la sospecha es el mexicano. El fondo psicológico de esta propensión a sospechar es la suspicacia. Trátese de un griego del siglo v a. C. o de un mexicano del siglo XX, la suspicacia es la expresión de un sentimiento de inseguridad. En épocas de crisis y disturbios sociales, florece la desconfianza; Robespierre, llamado por unos el Incorruptible y por otros el Tirano, fue una encarnación de la suspicacia disfrazada de vigilancia revolucionaria. En el siglo XX los bolcheviques repitieron y exageraron el modelo; en cambio, uno de los rasgos de Julio César que más sorprendieron a los antiguos fue su confianza. Unos lo admiraron por ella y otros lo vituperaron: un dictador confiado es un escándalo político y una contradicción moral. La suspicacia es hermana de la malicia y ambas son servidoras de la envidia. Si las circunstancias públicas son propicias, todas estas malas pasiones se vuelven cómplices de las inquisiciones y las represiones. La delación y la calumnia son las alcahuetas del tirano.

En México la suspicacia y la desconfianza son enfermedades colectivas. En mi juventud fui testigo del acoso que sufrieron los escritores llamados, por la revista que editaban, *Contemporáneos*. Se les acusó de ser extranjerizantes, cosmopolitas, afran-cesados y, en suma, de no ser mexicanos. Eran un cuerpo extraño y enfermizo incrustado en nuestra literatura: había que expulsarlo de la República de las Letras. (En la época que hacía *Plural* con un grupo de amigos, un joven filósofo marxista tam-bién pidió nuestra expulsión del "discurso políti-co".) La ortodoxia ideológica y la ortodoxia sexual se alían siempre con la xenofobia: los Contempo-ráneos fueron acusados de estetas reaccionarios y motejados de maricones. Hoy los jóvenes escrito-res exaltan su memoria y escriben sobre ellos ensayos fervientes. Pocos recuerdan que, mientras vivieron, fueron vistos como sospechosos y sen-tenciados al exilio interior. Años después yo dejé de ser testigo de las malignidades de la suspicacia y me convertí en objeto de campañas semejantes, aunque tal vez más feroces: a las viejas malevo-lencias se unieron las pasiones políticas.

Por todo esto no es extraño que desde mi adolescencia me intrigase la suspicacia mexicana. Me pareció la consecuencia de un conflicto interior. Al reflexionar sobre su naturaleza, encontré que, más que un enigma psicológico, era el resultado de un trauma histórico enterrado en las profundidades del pasado. La suspicacia, en vela perpetua, cuida que nadie descubra el cadáver y lo desentierre. Ésa es su función psicológica y política. Ahora bien, si la raíz del conflicto es histórica, sólo la historia puede aclararnos el enigma. La palabra *historia* designa ante todo a un proceso, y quien dice proceso dice búsqueda, generalmente inconsciente. El proceso es búsqueda porque es movimiento y todo movimiento es *un ir hacia…* ¿Hacia dónde? No es fácil responder a esta pregunta: los supuestos fines de la historia se han ido desvaneciendo uno tras otro. Tal vez la historia no tiene ni finalidades ni fin. El sentido de la historia somos nosotros, que la hacemos y que, al hacerla, nos deshacemos. La historia y sus sentidos terminarán cuando el hombre se acabe. Sin embargo, aunque es imposible discernir fines en la historia, no lo es afirmar la realidad del proceso histórico y de sus efectos. La suspicacia es uno de ellos. Lo que he llamado la *búsqueda* es la tentativa por resolver ese conflicto que la suspicacia preserva.

Sin darme claramente cuenta de lo que hacía, movido por una intuición y aguijoneado por la memoria de mis tres experiencias, quise romper el velo *y ver*. Mi acto era una interrogación que me unía al proceso inconsciente de la historia, es decir, a la búsqueda en que consiste finalmente el movimiento histórico. Mi interrogación me insertaba en la búsqueda, me hacía parte de ella; así, lo que comenzó como una meditación íntima se convirtió en una reflexión sobre la historia de México. La reflexión asumió la forma de una pregunta no sólo acerca de los orígenes —¿en dónde y cuándo comenzó el conflicto?— sino también sobre el sentido de la búsqueda que es la historia de México (y la de todos los hombres). Cierto, nadie sabe con certeza qué es lo que buscamos pero todos sabemos que buscamos. ¿Hace falta saber algo más? En el curso de la reflexión mis tres experiencias infantiles revelaron su naturaleza dual: eran íntimas y colectivas, mías y de todos.

Durante milenios el continente americano vivió una vida aparte, ignorado e ignorante de otros pueblos y de ótras civilizaciones. La expansión europea del siglo XVI rompió el aislamiento. La verdadera historia universal no comienza con los grandes imperios europeos y asiáticos, con Roma o con China, sino con las exploraciones de los españoles y portugueses. Desde entonces los mexicanos somos un fragmento de la historia del mundo. Mejor dicho: somos hijos de ese momento en que las distintas historias de los pueblos y las civilizaciones desembocan en la historia universal. El Descubrimiento de América inició la unificación del planeta. El acto que nos fundó tiene dos caras: la Conquista y la evangelización; nuestra relación con él es ambigua y contradictoria, como el acto mismo y sus dos emblemas: la espada y la cruz. No menos ambigua es nuestra relación frente a la civilización mesoamericana: su espectro habita nuestros sueños, pero ella reposa para siempre en el gran cementerio de las civilizaciones desaparecidas. Nuestra cuna fue un combate. El encuentro entre los españoles y los indios fue simultáneamente, para emplear la viva y pintoresca imagen del poeta Jáuregui, túmulo y tálamo.

Tal vez por influencia familiar desde la niñez me apasionó la historia de México. Mi abuelo, autor de novelas históricas según el gusto del siglo xix, había reunido un buen número de libros sobre nuestro pasado. Un tema me interesó entre todos: el choque entre los pueblos y las civilizaciones. Las naciones del antiguo México vivieron en guerra perpetua unas contra otras pero sólo hasta la llegada de los españoles se enfrentaron realmente con el *otro,* es decir, con una civilización distinta a la suya. Más tarde, ya en el periodo moderno, tuvimos encuentros violentos con los Estados Unidos y con la Francia del Segundo Imperio. A pesar de que la influencia de la cultura francesa fue muy viva en la segunda mitad del siglo xix y en la primera del xx, la guerra con Francia no tuvo consecuencias políticas ulteriores. Tampoco psicológicas. Ocurrió lo contrario con España y los Estados Unidos: nuestra relación con esas naciones ha sido polémica y obsesiva. Cada pueblo tiene sus fantasmas: Francia para los españoles, Alemania para los franceses; los nuestros han sido España y los Estados Unidos. El fantasma de España ha perdido cuerpo y su influencia política y económica se ha desvanecido. Su presencia es psicológica: verdadero fantasma, recorre nuestra memoria y enciende nuestra imaginación. Los Estados Unidos sí son una realidad pero una realidad tan vasta y poderosa que colinda con el mito y, para muchos, con la obsesión.

La querella entre hispanistas y antihispanistas es un capítulo de la historia intelectual de los mexicanos. También de su historia política y sentimental. El bando de los antihispanistas no es homogéneo: unos son adoradores de las culturas mesoamericanas y condenan a la Conquista como un genocidio; otros, menos numerosos, descendientes de los liberales del siglo XIX, profesan un igual desdén a las dos tradiciones: la india y la española, ambas obstáculos en el camino hacia la modernidad. Fui familiar de esa disputa desde mi niñez. Mi familia paterna era liberal y, además, indigenista: antiespañola por partida doble. Aunque mi madre era española, detestaba las discusiones y respondía a las diatribas con una sonrisa. Yo encontraba sublime su silencio, más contundente que un tedioso alegato. En la biblioteca de mi abuelo, por lo demás, abundaban los libros con argumentos contrarios a su moderado antihispanismo y al más acusado de mi padre. Los dos identificaban al pasado novohispano con la ideología de sus enemigos tradicionales, los conservadores. Galdós me desengañó: esa pelea era también española.

El antiespañolismo de mis familiares era de orden histórico y político, no literario. Entre los libros de mi abuelo estaban los de nuestros clásicos. Además, él admiraba a los liberales españoles del siglo pasado. Mi adolescencia y mi juventud coincidieron con el fin de la Monarquía y los primeros años de la República, un periodo de verdadero esplendor de las letras españolas. La lectura de los grandes escritores y poetas de esos años acabó por reconciliarme con España. Me sentí parte de la tradición pero no de una manera pasiva sino activa y, a ratos, polémica. Descubrí que la literatura escrita por nosotros, los hispanoamericanos, es la otra cara de la tradición hispánica. Nuestra literatura comenzó por ser un afluente de la española pero hoy es un río poderoso. Cervantes, Quevedo y Lope se reconocerían en nuestros autores. La disputa entre hispanistas y antihispanistas me pareció un pleito anacrónico y estéril. La guerra de España, un poco más tarde, cerró para siempre el debate. Al menos para mí y para muchos como yo. Fui partidario apasionado de los republicanos y en 1937 estuve en España por primera vez. En varios escritos en prosa y en algunos poemas he hablado de mi encuentro con su gente, sus paisajes, sus piedras. No descubrí a España: la reconocí y me reconocí.

Mi experiencia con la realidad norteamericana fue también, a su manera, una confirmación. En mi niñez había vivido en California pero el verdadero encuentro comenzó en 1943 y se prolongó hasta diciembre de 1945. Viví en San Francisco y en Nueva York, pasé un verano en Vermont y dos semanas en Washington, desempeñé oficios diversos, traté toda clase de gente, pasé estrecheces, conocí días de exaltación y otros de abatimiento, leí incansablemente a los poetas ingleses y norteamericanos y, en fin, comencé a escribir unos poemas libres de la retórica que asfixiaba a la poesía que, en esos años, escribían los jóvenes en Hispanoamérica y en España. En una palabra, volví a nacer. Nunca me había sentido tan vivo. Eran los años de la guerra y los norteamericanos pasaban por uno de los grandes momentos de su historia. En España conocí la fraternidad ante la muerte; en los Estados Unidos la cordialidad ante la vida. Simpatía universal que tiene sus raíces no en el puritanismo que, maniático de la pureza, es una ética de la separación, sino en el panteísmo romántico de Emerson y en la efusión cósmica de Whitman. En España algunos españoles me reconocieron como uno de los suyos; en los Estados Unidos algunos norteamericanos me acogieron como un hermano desconocido que hablaba su lengua con

un acento extraño y una sintaxis bárbara.

Mi admiración y simpatía por los norteamericanos tenía un lado oscuro: era imposible cerrar los ojos ante la situación de los mexicanos, los nacidos allá y los recién llegados. Pensé en los años pasados en Los Ángeles, en los trabajos de mi padre para abrirse paso en el destierro, en mi madre hormiga providente... pero hormiga que cantaba como una cigarra. Aunque no sufrimos las penalidades de la mayoría de los inmigrantes mexicanos, no era necesaria mucha imaginación para comprenderlos y simpatizar profundamente con ellos. Me reconocí en los *pachucos* y en su loca rebeldía contra su presente y su pasado. Rebeldía resuelta no en una idea sino en un gesto. Recurso del vencido: el uso estético de la derrota, la venganza de la imaginación. Volví a la pregunta sobre mí y mi destino de mexicano. La misma que me había hecho en México, leyendo a Ortega y Gasset o conversando con Jorge Cuesta en un patio de San Ildefonso. ¿Cómo contestarla? Antes de abandonar México, un año antes, había escrito para un diario una serie de artículos en los que trataba asuntos más o menos conectados con la pregunta que me atormentaba.[1] Ya no me satisfacían. Ignoraba entonces que esas notas y mis encuentros con España y con los Estados Unidos eran una preparación para escribir *El laberinto de la soledad*.

[1] Recogidos en *Primeras letras,* prólogo de Enrico Mario Santí, Vuelta, 1989.

Llegué a París en diciembre·de 1945. En Francia los años de la segunda posguerra fueron de penuria pero de gran animación intelectual. Fue un periodo de gran riqueza, no tanto en el dominio de la literatura propiamente dicha, la poesía y la novela, como en el de las ideas y el ensayo. Yo seguía con ardor los debates filosóficos y políticos. Atmósfera encendida: pasión por las ideas, rigor intelectual y, asimismo, una maravillosa disponibilidad. Al poco tiempo encontré amigos afines a mis preocupaciones intelectuales y estéticas. En aquel medio cosmopolita —franceses, griegos, españoles, rumanos, argentinos, norteamericanos— respiré con libertad: no era de allí y, sin embargo, sentí que tenía una patria intelectual. Una patria que no me pedía papeles de identidad. Pero la pregunta sobre México no me abandonaba. Decidido a enfrentarme a ella, me tracé un plan —nunca logré seguirlo del todo— y comencé a escribir. Era el verano de 1949, la ciudad se había quedado desierta y mi trabajo en la Embajada mexicana, en donde yo tenía un empleo modesto, había disminuido. La distancia me ayudaba: vivía en un mundo alejado de México e inmune a sus fantasmas. Tenía para mí las tardes de los viernes y, enteros, los sábados y domingos. Y las noches. Escribía con prisa y fluidez, con ansia de acabar pronto y como si en la última página me esperase una revelación. Jugaba una carrera contra mí mismo. ¿A quién o qué iba a encontrar al final? Conocía la pregunta, no la respuesta. Escribir se volvió una ceremonia contradictoria, hecha de entusiasmo y de rabia, simpatía y angustia. Al escribir me vengaba de México; un instante después, mi escritura se volvía contra mí y México se vengaba de mí. Nudo inextricable, hecho de pasión y de lucidez: *odio et amo*.

En otras ocasiones me he referido a los defectos y lagunas de *El laberinto de la soledad*. Los primeros son congénitos, la consecuencia natural de mis limitaciones. En cuanto a las últimas: he procurado remediarlas en diversos escritos. La mayor omisión es la de Nueva España: las páginas que le dedico son insuficientes; las he ampliado en varios textos y, principalmente, en la primera parte de mi estudio sobre sor Juana Inés de la Cruz. ¿Y el mundo prehispánico? Creo que mis ensayos sobre el arte antiguo de México son algo más que meros estudios de estética: son una visión de la civilización mesoamericana. Dicho esto, confieso que la concepción central de *El laberinto de la soledad* me sigue pareciendo válida. El libro no es un ensayo sobre una quimérica "filosofía del mexicano"; tampoco una descripción psicológica ni un retrato. El análisis parte de unos cuantos rasgos característicos para en seguida transformarse en una interpretación de la historia de México y de nuestra situación en el mundo moderno. La interpretación me parece válida, no exclusiva ni total. Hay otras interpretaciones y, entre ellas, algunas son (o pueden ser) igualmente válidas. No excluyen a la mía porque ninguna es global ni final. La comprensión histórica es, por naturaleza, parcial, trátese de Tucídides o de Vico, de Marx o de Toynbee.

Todas las visiones de la historia son un punto de vista. Naturalmente no todos los puntos de vista son válidos. Entonces, ¿por qué me parece válido el mío? Pues porque la idea que lo inspira —el ritmo doble de la soledad y la comunión, el sentirse solo, escindido, y el desear reunirse con los otros y con nosotros mismos— es aplicable a todos los hombres y a todas las sociedades. Aunque cada individuo es único y cada pueblo es diferente, todos atraviesan por las mismas experiencias. Por esto es legítimo presentar a la historia de México como una sucesión de rupturas y uniones. La primera fue la Conquista. La primera y la decisiva: fue un choque entre dos civilizaciones y no, como ocurriría después, dentro de la misma civilización. A su vez, la primera reunión o reconciliación —respuesta a la violenta ruptura de la Conquista— consistió en la conversión de los vencidos a una fe universal, el cristianismo. Desde entonces las rupturas y las reuniones se han sucedido; sería ocioso enumerarlas. No, no es arbitrario ver nuestra historia como un proceso regido por el ritmo —o la dialéctica— de lo cerrado y lo abierto, de la soledad y la comunión. No es difícil advertir, por otra parte, que el mismo ritmo rige las historias de otros pueblos. Pienso que se trata de un fenómeno universal.

Nuestra historia no es sino una de las versiones de ese perpetuo separarse y unirse con ellos mismos que ha sido, y es, la vida de todos los hombres y los pueblos.

El proceso de sucesivas rupturas y reuniones puede verse también, para emplear una analogía con la física, como una serie de explosiones. La moderna cosmología nos ha familiarizado con la idea de una materia infinitamente concentrada y que, al llegar a cierto punto extremo de densidad, estalla y se dispersa. Las explosiones históricas son semejantes al *big bang:* una sociedad encerrada en sí misma está destinada a estallar por la colisión de sus elementos. A la inversa de lo que ocurre en el cosmos, sujeto según parece a una expansión sin fin, en la historia los elementos dispersos tienden a reunirse. Estas nuevas combinaciones se traducen, a su vez, en nuevas formas históricas. Si la ruptura no se resuelve en reunión, el sistema se extingue, absorbido generalmente por un sistema mayor. La historia de México se ajusta al primer modelo y puede verse como una sucesión de explosiones seguidas de dispersiones y reuniones. La última explosión, la más poderosa, fue la Revolución mexicana. Conmovió a la fábrica social en su totalidad y logró, después de dispersarlos, reunir a todos los mexicanos en una nueva sociedad.

La Revolución rescató a muchos grupos y minorías que habían sido excluidos tanto de la sociedad novohispana como de la republicana.

Me refiero a las comunidades campesinas y, en menor grado, a las minorías indígenas. Además, consiguió crear una conciencia de identidad nacional que antes apenas si existía. En la esfera de las ideas y de las creencias, logró la reconciliación del México moderno y del antiguo. Subrayo que fue una reconciliación no de orden intelectual sino afectivo y espiritual. La Revolución fue, ante todo, un logro político y social pero también fue algo más, mucho más: un cambio radical en nuestra historia. Como la palabra *cambio* resulta equívoca, agrego que ese cambio fue un regreso. Quiero decir: fue una verdadera revuelta, una vuelta a los orígenes. En este sentido, el movimiento revolucionario continuó, en una esfera psíquica distinta a la religiosa, el sincretismo de los siglos XVI y XVII. Lo continuó sin que nadie se lo propusiera, ni los dirigentes ni el pueblo; sin embargo, a todos los movía el mismo obscuro impulso. ¿Lógica de la historia o instinto popular? No es fácil saberlo. Lo cierto es que México se lanzó al encuentro de sí mismo. En un acto de necesaria ruptura, el liberalismo negó a la tradición novohispana y a la indígena. La Revolución inició la reconciliación con nuestro pasado, algo que me parece no menos sino más imperativo que todos los proyectos de modernización. En esto reside tanto su originalidad como su fecundidad en el dominio de los sentimientos, las creencias, las letras y las artes.

Para comprender su carácter único, hay que recordar que nuestra Revolución le debe muy poco a las ideologías revolucionarias de los siglos XIX y XX. En este sentido fue la antítesis del liberalismo de 1857. Este último fue un movimiento derivado de ideas universales de origen europeo; con ellas los liberales se propusieron transformar de raíz a la sociedad. De ahí su hostilidad a las dos tradiciones, la española y la indígena. El liberalismo de 1857 fue una verdadera revolución y sus arquetipos fueron la Revolución francesa y la de Independencia de los Estados Unidos. En cambio, la Revolución mexicana fue popular e instintiva. No la guió una teoría de la igualdad: estaba poseída por una pasión igualitaria y comunitaria. Los orígenes de esta pasión están no en las ideas modernas sino en la tradición de las comunidades indígenas anteriores a la Conquista y en el cristianismo evangélico de los misioneros. Si se repasan las declaraciones y los discursos de los caudillos y líderes populares sorprende, en primer término, la abundancia de referencias y citas del cristianismo primitivo. Los ejemplos más socorridos fueron el Sermón de la Montaña y la expulsión de los mercaderes del Templo.[2] También es notable la obstinación con que el movimiento campesino sostuvo, como fundamento de sus aspiraciones, las tradiciones

[2] Véase el libro de Eric Jaufret, *Révolution et sacrifice au Mexique. Naissance d'une nation*, París, 1986.

comunitarias de los pueblos. Los campesinos pedían la *devolución* de sus tierras.

¿Se puede hablar de una ideología revolucionaria? La respuesta debe ser matizada. En primer término la Revolución atravesó por distintos momentos y en cada uno de ellos predominaron ciertos temas e ideas. Por ejemplo, en el primer periodo lo esencial parecía la reforma política y la instauración de una verdadera democracia; en otro momento, fueron centrales las reivindicaciones sociales y las aspiraciones igualitarias; en otro más, la estabilidad política y el desarrollo económico; y así sucesivamente. A los cambios de ideario en el tiempo, deben añadirse las diferencias en el espacio: el movimiento en el sur fue primordialmente agrario y estaba inspirado en una tradición de lucha por la tierra comunal que venía de Nueva España y del pasado prehispánico; en el norte, el núcleo del movimiento estaba compuesto por rancheros; en las ciudades por la clase media. Además, a lo largo del proceso, la lucha armada entre los caudillos y las facciones. La Revolución fue muchas revoluciones.

En cuanto a la influencia de las ideologías de fuera, ninguna preponderante, las más apreciables fueron: el anarquismo, la herencia del liberalismo, el obrerismo —ecos del 1º de mayo de Chicago— y, en fin, un vago pero poderoso sueño de redención social. Lo esencial, sin embargo, fue la corriente igualitaria y comunitaria, doble legado de Mesoamérica y de Nueva España. No era tanto una doctrina claramente definida como un conjunto de aspiraciones y creencias, una tradición subterránea que se creía desaparecida y que resucitó en el gran sacudimiento revolucionario. No era fácil que este conjunto a un tiempo confuso y clarividente de aspiraciones, agravios, esperanzas y reivindicaciones se articulase en un claro proyecto de reformas. Esto explica que la Revolución haya terminado en un compromiso entre la herencia liberal de 1857, las aspiraciones comunitarias populares y fragmentos de otras ideologías.

Entre 1930 y 1940, lo mismo en Europa que en América, la mayoría de los escritores que entonces éramos jóvenes sentimos una inmensa simpatía por la Revolución rusa y el comunismo. En nuestra actitud se mezclaban los buenos sentimientos, la justificada indignación ante las injusticias que nos rodeaban y la ignorancia. Si yo hubiese escrito *El laberinto de la soledad* en 1937, sin duda habría afirmado que el sentido de la explosión revolucionaria mexicana —lo que he llamado la *búsqueda*— terminaría en la adopción del comunismo. La sociedad comunista iba a resolver el doble conflicto mexicano, el interior y el exterior: comunión con nosotros mismos y con el mundo. Pero el periodo que va de 1930 a 1945 no sólo fue el de la fe y las ruidosas adhesiones sino el de la crítica, las revelaciones y las desilusiones. Mis dudas comenzaron en 1939; en

1949 descubrí la existencia de campos de concentración en la Unión Soviética y ya no me pareció tan claro que el comunismo fuese la cura de las dolencias del mundo y de México. Las dudas se convirtieron en críticas. Vi al comunismo como un régimen burocrático, petrificado en castas, y vi a los bolcheviques, que habían decretado, bajo pena de muerte, la "comunión obligatoria", caer uno tras otro en esas ceremonias públicas de expiación que fueron las purgas de Stalin. Comprendí que el socialismo autoritario no era la *resolución* de la Revolución mexicana, en el sentido histórico de la palabra y en el musical: paso de un acorde discordante a uno consonante. Mis críticas provocaron una biliosa erupción de vituperios en muchas almas virtuosas de México y de Hispanoamérica. La oleada de odio y lodo duró muchos años; algunas de sus salpicaduras todavía están frescas.

Al mismo tiempo que se cerraba la solución revolucionaria, se abrían otras perspectivas históricas. Era evidente que la nueva situación del país y del mundo exigía un cambio radical de dirección. Nación marginal, habíamos sido objeto de la historia; la segunda mitad del siglo XX —marcada por la independencia de las colonias y las agitaciones, revueltas y revoluciones de los países de la periferia— nos enfrentaba a otras realidades. Escribí en las últimas páginas de mi libro: "hemos dejado de ser objetos y comenzamos a ser sujetos de los cambios históricos". Y agregaba: "la Revolución mexicana desemboca en la historia universal... allí nos aguarda una desnudez y un desamparo". En efecto, el derrumbe de las ideas y creencias, lo mismo las tradicionales que las revolucionarias, era universal: "estamos al fin solos frente al porvenir, como todos... Ya somos contemporáneos de todos los hombres..." Suerte del solitario: *testis unus, testis nullus*. Nadie oyó: México no cambió de dirección, los gobiernos no apostaron por la reforma sino por la continuidad rutinaria y por la mera supervivencia, mientras que los intelectuales se aferraron a versiones cada vez más simplistas y caricaturescas del marxismo. Algunos interpretaron una de mis opiniones —"somos contemporáneos de todos los hombres"— como una afirmación de la madurez de nuestro país: al fin habíamos alcanzado a las otras naciones. Curiosa concepción de la historia como una carrera: ¿contra quién y hacia dónde? No, la historia es una intersección entre un tiempo y un lugar. La historia, dijo Eliot, es aquí y ahora.

Escogí un camino que, de nuevo, me puso en entredicho ante la mayoría de los escritores latinoamericanos, en aquellos días todavía encandilados por los fuegos fatuos del "socialismo real". Con unos pocos sostuve que sólo la instauración de una democracia auténtica, con un régimen de derecho y de garantías a los individuos y a las minorías, podría lograr que México no naufragase en el océano de la historia universal, infestado de leviatanes. La modernización, palabra que aún no estaba de moda, era a un tiempo nuestra condena y nuestra tabla de salvación. Condena porque la sociedad moderna está lejos de ser un ejemplo: muchas de sus manifestaciones —la publicidad, el culto al dinero, las desigualdades abismales, el egoísmo feroz, la uniformidad de los gustos, las opiniones, las conciencias— son un compendio de horrores y de estupideces. Salvación porque sólo una transformación radical de la sociedad, a través de una verdadera democracia y del desmantelamiento del patrimonialismo heredado del virreinato (trasunto a su vez del absolutismo europeo de los siglos XVII y XVIII), podía darnos confianza y fortaleza para hacer frente a un mundo revuelto y despiadado.

Universalidad, modernidad y democracia son hoy términos inseparables. Cada uno depende y exige la presencia de los otros. Éste ha sido el tema de todo lo que he escrito sobre México desde la publicación de *El laberinto de la soledad*. Ha sido un combate áspero y que ha durado demasiado tiempo. Un combate que ha puesto a prueba mi paciencia pues han menudeado los golpes bajos, las insinuaciones malévolas y las campañas calumniosas. La defensa de la modernidad democrática, debo confesarlo, no ha sido ni es fácil. En ningún momento he olvidado las injusticias y desastres de las sociedades liberales capitalistas. La sombra del comunismo y sus prisiones pudo ocultar la realidad contemporánea;

su caída nos las deja ver ahora en toda su desolación: el desierto se extiende y cubre la tierra entera. Entre las ruinas de la ideología totalitaria brotan ahora los viejos y feroces fanatismos. El presente me inspira el mismo horror que experimentaba en mi adolescencia ante el mundo moderno. *The Waste Land,* ese poema que tanto me impresionó cuando lo descubrí en 1931, sigue siendo profundamente actual. Una gangrena moral corroe a las democracias modernas. ¿Vivimos el fin de la modernidad? ¿Qué nos aguarda?... Me detengo: al llegar a este punto se cierra la reflexión sobre México y se abre otra sobre este fin de siglo. Me contento con repetir: sí, los hijos de Cortés y la Malinche penetran ahora, por sus pies y no empujados por un extraño, en la historia de todos los hombres. La enseñanza de la Revolución mexicana se puede cifrar en esta frase: nos buscábamos a nosotros mismos y encontramos a los otros.

México, a 9 de diciembre de 1992

Piedra de sol

Un sauce de cristal, un chopo de agua,
un alto surtidor que el viento arquea,
un árbol bien plantado mas danzante,
un caminar de río que se curva,
avanza, retrocede, da un rodeo
y llega siempre:
           un caminar tranquilo
de estrella o primavera sin premura,
agua que con los párpados cerrados
mana toda la noche profecías,
unánime presencia en oleaje,
ola tras ola hasta cubrirlo todo,
verde soberanía sin ocaso
como el deslumbramiento de las alas
cuando se abren en mitad del cielo,

un caminar entre las espesuras
de los días futuros y el aciago
fulgor de la desdicha como un ave
petrificando el bosque con su canto

y las felicidades inminentes
entre las ramas que se desvanecen,
horas de luz que pican ya los pájaros,
presagios que se escapan de la mano,

una presencia como un canto súbito,
como el viento cantando en el incendio,
una mirada que sostiene en vilo
al mundo con sus mares y sus montes,
cuerpo de luz filtrada por un ágata,
piernas de luz, vientre de luz, bahías,
roca solar, cuerpo color de nube,
color de día rápido que salta,
la hora centellea y tiene cuerpo,
el mundo ya es visible por tu cuerpo,
es transparente por tu transparencia,

voy entre galerías de sonidos,
fluyo entre las presencias resonantes,
voy por las transparencias como un ciego,
un reflejo me borra, nazco en otro,
oh bosque de pilares encantados,
bajo los arcos de la luz penetro
los corredores de un otoño diáfano,

voy por tu cuerpo como por el mundo,
tu vientre es una plaza soleada,
tus pechos dos iglesias donde oficia
la sangre sus misterios paralelos,
mis miradas te cubren como yedra,

eres una ciudad que el mar asedia,

una muralla que la luz divide
en dos mitades de color durazno,
un paraje de sal, rocas y pájaros
bajo la ley del mediodía absorto,

vestida del color de mis deseos
como mi pensamiento vas desnuda,
voy por tus ojos como por el agua,
los tigres beben sueño en esos ojos,
el colibrí se quema en esas llamas,
voy por tu frente como por la luna,
como la nube por tu pensamiento,
voy por tu vientre como por tus sueños,

tu falda de maíz ondula y canta,
tu falda de cristal, tu falda de agua,
tus labios, tus cabellos, tus miradas,
toda la noche llueves, todo el día
abres mi pecho con tus dedos de agua,
cierras mis ojos con tu boca de agua,
sobre mis huesos llueves, en mi pecho
hunde raíces de agua un árbol líquido,

voy por tu talle como por un río,
voy por tu cuerpo como por un bosque,
como por un sendero en la montaña
que en un abismo brusco se termina
voy por tus pensamientos afilados
y a la salida de tu blanca frente
mi sombra despeñada se destroza,
recojo mis fragmentos uno a uno
y prosigo sin cuerpo, busco a tientas,

corredores sin fin de la memoria,
puertas abiertas a un salón vacío
donde se pudren todos los veranos,
las joyas de la sed arden al fondo,
rostro desvanecido al recordarlo,
mano que se deshace si la toco,
cabelleras de arañas en tumulto
sobre sonrisas de hace muchos años,
a la salida de mi frente busco,
busco sin encontrar, busco un instante,
un rostro de relámpago y tormenta
corriendo entre los árboles nocturnos,
rostro de lluvia en un jardín a obscuras,
agua tenaz que fluye a mi costado,

busco sin encontrar, escribo a solas,
no hay nadie, cae el día, cae el año,
caigo con el instante, caigo a fondo,
invisible camino sobre espejos
que repiten mi imagen destrozada,
piso días, instantes caminados,
piso los pensamientos de mi sombra,
piso mi sombra en busca de un instante,

busco una fecha viva como un pájaro,
busco el sol de las cinco de la tarde
templado por los muros de tezontle:
la hora maduraba sus racimos
y al abrirse salían las muchachas
de su entraña rosada y se esparcían
por los patios de piedra del colegio,

alta como el otoño caminaba
envuelta por la luz bajo la arcada
y el espacio al ceñirla la vestía
de una piel más dorada y transparente,

tigre color de luz, pardo venado
por los alrededores de la noche,
entrevista muchacha reclinada
en los balcones verdes de la lluvia,
adolescente rostro innumerable,
he olvidado tu nombre, Melusina,
Laura, Isabel, Perséfona, María,
tienes todos los rostros y ninguno,
eres todas las horas y ninguna,
te pareces al árbol y a la nube,
eres todos los pájaros y un astro,
te pareces al filo de la espada
y a la copa de sangre del verdugo,
yedra que avanza, envuelve y desarraiga
al alma y la divide de sí misma,

escritura de fuego sobre el jade,
grieta en la roca, reina de serpientes,
columna de vapor, fuente en la peña,
circo lunar, peñasco de las águilas,
grano de anís, espina diminuta
y mortal que da penas inmortales,
pastora de los valles submarinos
y guardiana del valle de los muertos,
liana que cuelga del cantil del vértigo,
enredadera, planta venenosa,

flor de resurrección, uva de vida,
señora de la flauta y del relámpago,
terraza del jazmín, sal en la herida,
ramo de rosas para el fusilado,
nieve en agosto, luna del patíbulo,
escritura del mar sobre el basalto,
escritura del viento en el desierto,
testamento del sol, granada, espiga,

rostro de llamas, rostro devorado,
adolescente rostro perseguido
años fantasmas, días circulares
que dan al mismo patio, al mismo muro,
arde el instante y son un solo rostro
los sucesivos rostros de la llama,
todos los nombres son un solo nombre,
todos los rostros son un solo rostro,
todos los siglos son un solo instante
y por todos los siglos de los siglos
cierra el paso al futuro un par de ojos,

no hay nada frente a mí, sólo un instante
rescatado esta noche, contra un sueño
de ayuntadas imágenes soñado,
duramente esculpido contra el sueño,
arrancado a la nada de esta noche,
a pulso levantado letra a letra,
mientras afuera el tiempo se desboca
y golpea las puertas de mi alma
el mundo con su horario carnicero,

sólo un instante mientras las ciudades,
los nombres, los sabores, lo vivido,
se desmoronan en mi frente ciega,
mientras la pesadumbre de la noche
mi pensamiento humilla y mi esqueleto,
y mi sangre camina más despacio
y mis dientes se aflojan y mis ojos
se nublan y los días y los años
sus horrores vacíos acumulan,

mientras el tiempo cierra su abanico
y no hay nada detrás de sus imágenes
el instante se abisma y sobrenada
rodeado de muerte, amenazado
por la noche y su lúgubre bostezo,
amenazado por la algarabía
de la muerte vivaz y enmascarada
el instante se abisma y se penetra,
como un puño se cierra, como un fruto
que madura hacia dentro de sí mismo
y a sí mismo se bebe y se derrama,
el instante translúcido se cierra
y madura hacia dentro, echa raíces,
crece dentro de mí, me ocupa todo,
me expulsa su follaje delirante,
mis pensamientos sólo son sus pájaros,
su mercurio circula por mis venas,
árbol mental, frutos sabor de tiempo,

oh vida por vivir y ya vivida,
tiempo que vuelve en una marejada

y se retira sin volver el rostro,
lo que pasó no fue pero está siendo
y silenciosamente desemboca
en otro instante que se desvanece:

frente a la tarde de salitre y piedra
armada de navajas invisibles
una roja escritura indescifrable
escribes en mi piel y esas heridas
como un traje de llamas me recubren,
ardo sin consumirme, busco el agua
y en tus ojos no hay agua, son de piedra,
y tus pechos, tu vientre, tus caderas
son de piedra, tu boca sabe a polvo,
tu boca sabe a tiempo emponzoñado,
tu cuerpo sabe a pozo sin salida,

pasadizo de espejos que repiten
los ojos del sediento, pasadizo
que vuelve siempre al punto de partida,
y tú me llevas ciego de la mano
por esas galerías obstinadas
hacia el centro del círculo y te yergues
como un fulgor que se congela en hacha,
como luz que desuella, fascinante
como el cadalso para el condenado,
flexible como el látigo y esbelta
como un arma gemela de la luna,
y tus palabras afiladas cavan
mi pecho y me despueblan y vacían,
uno a uno me arrancas los recuerdos,

he olvidado mi nombre, mis amigos
gruñen entre los cerdos o se pudren
comidos por el sol en un barranco,

no hay nada en mí sino una larga herida,
una oquedad que ya nadie recorre,
presente sin ventanas, pensamiento
que vuelve, se repite, se refleja
y se pierde en su misma transparencia,
consciencia traspasada por un ojo
que se mira mirarse hasta anegarse
de claridad:
                    yo vi tu atroz escama,
Melusina, brillar verdosa al alba,
dormías enroscada entre las sábanas
y al despertar gritaste como un pájaro
y caíste sin fin, quebrada y blanca,
nada quedó de ti sino tu grito,
y al cabo de los siglos me descubro
con tos y mala vista, barajando
viejas fotos:
                    no hay nadie, no eres nadie,
un montón de ceniza y una escoba,
un cuchillo mellado y un plumero,
un pellejo colgado de unos huesos,
un racimo ya seco, un hoyo negro
y en el fondo del hoyo los dos ojos
de una niña ahogada hace mil años,

miradas enterradas en un pozo,
miradas que nos ven desde el principio,

mirada niña de la madre vieja
que ve en el hijo grande un padre joven,
mirada madre de la niña sola
que ve en el padre grande un hijo niño,
miradas que nos miran desde el fondo
de la vida y son trampas de la muerte
—¿o es al revés: caer en esos ojos
es volver a la vida verdadera?,

¡caer, volver, soñarme y que me sueñen
otros ojos futuros, otra vida,
otras nubes, morirme de otra muerte!
—esta noche me basta, y este instante
que no acaba de abrirse y revelarme
dónde estuve, quién fui, cómo te llamas,
cómo me llamo yo:
                                    ¿hacía planes
para el verano —y todos los veranos—
en Christopher Street, hace diez años,
con Filis que tenía dos hoyuelos
donde bebían luz los gorriones?,
¿por la Reforma Carmen me decía
"no pesa el aire, aquí siempre es octubre",
o se lo dijo a otro que he perdido
o yo lo invento y nadie me lo ha dicho?,
¿caminé por la noche de Oaxaca,
inmensa y verdinegra como un árbol,
hablando solo como el viento loco
y al llegar a mi cuarto —siempre un cuarto—
no me reconocieron los espejos?,
¿desde el hotel Vernet vimos al alba

bailar con los castaños —"ya es muy tarde"
decías al peinarte y yo veía
manchas en la pared, sin decir nada?,
¿subimos juntos a la torre, vimos
caer la tarde desde el arrecife?,
¿comimos uvas en Bidart?, ¿compramos
gardenias en Perote?,
                              nombre, sitios,
calles y calles, rostros, plazas, calles,
estaciones, un parque, cuartos solos,
manchas en la pared, alguien se peina,
alguien canta a mi lado, alguien se viste,
cuartos, lugares, calles, nombres, cuartos,

Madrid, 1937,
en la Plaza del Ángel las mujeres
cosían y cantaban con sus hijos,
después sonó la alarma y hubo gritos,
casas arrodilladas en el polvo,
torres hendidas, frentes escupidas
y el huracán de los motores, fijo:
los dos se desnudaron y se amaron
por defender nuestra porción eterna,
nuestra ración de tiempo y paraíso,
tocar nuestra raíz y recobrarnos,
recobrar nuestra herencia arrebatada
por ladrones de vida hace mil siglos,
los dos se desnudaron y besaron
porque las desnudeces enlazadas
saltan el tiempo y son invulnerables,
nada las toca, vuelven al principio,

no hay tú ni yo, mañana, ayer ni nombres,
verdad de dos en sólo un cuerpo y alma,
oh ser total...
                    cuartos a la deriva
entre ciudades que se van a pique,
cuartos y calles, nombres como heridas,
el cuarto con ventanas a otros cuartos
con el mismo papel descolorido
donde un hombre en camisa lee el periódico
o plancha una mujer; el cuarto claro
que visitan las ramas del durazno;
el otro cuarto: afuera siempre llueve
y hay un patio y tres niños oxidados;
cuartos que son navíos que se mecen
en un golfo de luz; o submarinos:
el silencio se esparce en olas verdes,
todo lo que tocamos fosforece;
mausoleos del lujo, ya roídos
los retratos, raídos los tapetes;
trampas, celdas, cavernas encantadas,
pajareras y cuartos numerados,
todos se transfiguran, todos vuelan,
cada moldura es nube, cada puerta
da al mar, al campo, al aire, cada mesa
es un festín; cerrados como conchas
el tiempo inútilmente los asedia,
no hay tiempo ya, ni muro: ¡espacio, espacio,
abre la mano, coge esta riqueza,
corta los frutos, come de la vida,
tiéndete al pie del árbol, bebe el agua!,

todo se transfigura y es sagrado,
es el centro del mundo cada cuarto,
es la primera noche, el primer día,
el mundo nace cuando dos se besan,
gota de luz de entrañas transparentes
el cuarto como un fruto se entreabre
o estalla como un astro taciturno
y las leyes comidas de ratones,
las rejas de los bancos y las cárceles,
las rejas de papel, las alambradas,
los timbres y las púas y los pinchos,
el sermón monocorde de las armas,
el escorpión meloso y con bonete,
el tigre con chistera, presidente
del Club Vegetariano y la Cruz Roja,
el burro pedagogo, el cocodrilo
metido a redentor, padre de pueblos,
el Jefe, el tiburón, el arquitecto
del porvenir, el cerdo uniformado,
el hijo predilecto de la Iglesia
que se lava la negra dentadura
con el agua bendita y toma clases
de inglés y democracia, las paredes
invisibles, las máscaras podridas
que dividen al hombre de los hombres,
al hombre de sí mismo,
                              se derrumban
por un instante inmenso y vislumbramos
nuestra unidad perdida, el desamparo
que es ser hombres, la gloria que es ser hombres
y compartir el pan, el sol, la muerte,
el olvidado asombro de estar vivos;

amar es combatir, si dos se besan
el mundo cambia, encarnan los deseos,
el pensamiento encarna, brotan alas
en las espaldas del esclavo, el mundo
es real y tangible, el vino es vino,
el pan vuelve a saber, el agua es agua,
amar es combatir, es abrir puertas,
dejar de ser fantasma con un número
a perpetua cadena condenado
por un amo sin rostro;

                      el mundo cambia
si dos se miran y se reconocen,
amar es desnudarse de los nombres:
"déjame ser tu puta", son palabras
de Eloísa, mas él cedió a las leyes,
la tomó por esposa y como premio
lo castraron después;

                    mejor el crimen,
los amantes suicidas, el incesto
de los hermanos como dos espejos
enamorados de su semejanza,
mejor comer el pan envenenado,
el adulterio en lechos de ceniza,
los amores feroces, el delirio,
su yedra ponzoñoza, el sodomita
que lleva por clavel en la solapa
un gargajo, mejor ser lapidado
en las plazas que dar vuelta a la noria
que exprime la substancia de la vida,
cambia la eternidad en horas huecas,
los minutos en cárceles, el tiempo
en monedas de cobre y mierda abstracta;

mejor la castidad, flor invisible
que se mece en los tallos del silencio,
el difícil diamante de los santos
que filtra los deseos, sacia al tiempo,
nupcias de la quietud y el movimiento,
canta la soledad en su corola,
pétalo de cristal es cada hora,
el mundo se despoja de sus máscaras
y en su centro, vibrante transparencia,
lo que llamamos Dios, el ser sin nombre,
se contempla en la nada, el ser sin rostro
emerge de sí mismo, sol de soles,
plenitud de presencias y de nombres;

sigo mi desvarío, cuartos, calles,
camino a tientas por los corredores
del tiempo y subo y bajo sus peldaños
y sus paredes palpo y no me muevo,
vuelvo adonde empecé, busco tu rostro,
camino por las calles de mí mismo
bajo un sol sin edad, y tú a mi lado
caminas como un árbol, como un río
caminas y me hablas como un río,
creces como una espiga entre mis manos,
lates como una ardilla entre mis manos,
vuelas como mil pájaros, tu risa
me ha cubierto de espumas, tu cabeza
es un astro pequeño entre mis manos,
el mundo reverdece si sonríes
comiendo una naranja,
                    el mundo cambia   85

si dos, vertiginosos y enlazados,
caen sobre la yerba: el cielo baja,
los árboles ascienden, el espacio
sólo es luz y silencio, sólo espacio
abierto para el águila del ojo,
pasa la blanca tribu de las nubes,
rompe amarras el cuerpo, zarpa el alma,
perdemos nuestros nombres y flotamos
a la deriva entre el azul y el verde,
tiempo total donde no pasa nada
sino su propio transcurrir dichoso,

no pasa nada, callas, parpadeas
(silencio: cruzó un ángel este instante
grande como la vida de cien soles),
¿no pasa nada, sólo un parpadeo?
—y el festín, el destierro, el primer crimen,
la quijada del asno, el ruido opaco
y la mirada incrédula del muerto
al caer en el llano ceniciento,
Agamenón y su mugido inmenso
y el repetido grito de Casandra
más fuerte que los gritos de las olas,
Sócrates en cadenas (el sol nace,
morir es despertar: "Critón, un gallo
a Esculapio, ya sano de la vida");
el chacal que diserta entre las ruinas
de Nínive, la sombra que vio Bruto
antes de la batalla, Moctezuma
en el lecho de espinas de su insomnio,
el viaje en la carreta hacia la muerte

—el viaje interminable mas contado
por Robespierre minuto tras minuto,
la mandíbula rota entre las manos—,
Churruca en su barrica como un trono
escarlata, los pasos ya contados
de Lincoln al salir hacia el teatro,
el estertor de Trotski y sus quejidos
de jabalí, Madero y su mirada
que nadie contestó: ¿por qué me matan?,
los carajos, los ayes, los silencios
del criminal, el santo, el pobre diablo,
cementerios de frases y de anécdotas
que los perros retóricos escarban,
el animal que muere y que lo sabe,
saber común, inútil, ruido obscuro
de la piedra que cae, el son monótono
de huesos machacados en la riña
y la boca de espuma del profeta
y su grito y el grito del verdugo
y el grito de la víctima…

                            son llamas
los ojos y son llamas lo que miran,
llama la oreja y el sonido llama,
brasa los labios y tizón la lengua,
el tacto y lo que toca, el pensamiento
y lo pensado, llama el que lo piensa,
todo se quema, el universo es llama,
arde la misma nada que no es nada
sino un pensar en llamas, al fin humo:
no hay verdugo ni víctima…

                            ¿y el grito

en la tarde del viernes?, y el silencio
que se cubre de signos, el silencio
que dice sin decir, ¿no dice nada?,
¿no son nada los gritos de los hombres?,
¿no pasa nada cuando pasa el tiempo?

—no pasa nada, sólo un parpadeo
del sol, un movimiento apenas, nada,
no hay redención, no vuelve atrás el tiempo,
los muertos están fijos en su muerte
y no pueden morirse de otra muerte,
intocables, clavados en su gesto,
desde su soledad, desde su muerte
sin remedio nos miran sin mirarnos,
su muerte ya es la estatua de su vida,
un siempre estar ya nada para siempre,
cada minuto es nada para siempre,
un rey fantasma rige tus latidos
y tu gesto final, tu dura máscara
labra sobre tu rostro cambiante:
el monumento somos de una vida
ajena y no vivida, apenas nuestra,

—¿la vida, cuándo fue de veras nuestra?,
¿cuándo somos de veras lo que somos?,
bien mirado no somos, nunca somos
a solas sino vértigo y vacío,
muecas en el espejo, horror y vómito,
nunca la vida es nuestra, es de los otros,
la vida no es de nadie, todos somos
la vida —pan de sol para los otros,

los otros todos que nosotros somos—,
soy otro cuando soy, los actos míos
son más míos si son también de todos,
para que pueda ser he de ser otro,
salir de mí, buscarme entre los otros,
los otros que no son si yo no existo,
los otros que me dan plena existencia,
no soy, no hay yo, siempre somos nosotros,
la vida es otra, siempre allá, más lejos,
fuera de ti, de mí, siempre horizonte,
vida que nos desvive y enajena,
que nos inventa un rostro y lo desgasta,
hambre de ser, oh muerte, pan de todos,

Eloísa, Perséfona, María,
muestra tu rostro al fin para que vea
mi cara verdadera, la del otro,
mi cara de nosotros siempre todos,
cara de árbol y de panadero,
de chofer y de nube y de marino,
cara de sol y arroyo y Pedro y Pablo,
cara de solitario colectivo,
despiértame, ya nazco:
                              vida y muerte
pactan en ti, señora de la noche,
torre de claridad, reina del alba,
virgen lunar, madre del agua madre,
cuerpo del mundo, casa de la muerte,
caigo sin fin desde mi nacimiento,
caigo en mí mismo sin tocar mi fondo,
recógeme en tus ojos, junta el polvo

disperso y reconcilia mis cenizas,
ata mis huesos divididos, sopla
sobre mi ser, entiérrame en tu tierra,
tu silencio dé paz al pensamiento
contra sí mismo airado;
                              abre la mano,
señora de semillas que son días,
el día es inmortal, asciende, crece,
acaba de nacer y nunca acaba,
cada día es nacer, un nacimiento
es cada amanecer y yo amanezco,
amanecemos todos, amanece
el sol cara de sol, Juan amanece
con su cara de Juan cara de todos,
puerta del ser, despiértame, amanece,
déjame ver el rostro de este día,
déjame ver el rostro de esta noche,
todo se comunica y transfigura,
arco de sangre, puente de latidos,
llévame al otro lado de esta noche,
adonde yo soy tú somos nosotros,
al reino de pronombres enlazados,

puerta del ser: abre tu ser, despierta,
aprende a ser también, labra tu cara,
trabaja tus facciones, ten un rostro
para mirar mi rostro y que te mire,
para mirar la vida hasta la muerte,
rostro de mar, de pan, de roca y fuente,
manantial que disuelve nuestros rostros
en el rostro sin nombre, el ser sin rostro,
indecible presencia de presencias...

quiero seguir, ir más allá, y no puedo:
se despeñó el instante en otro y otro,
dormí sueños de piedra que no sueña
y al cabo de los años como piedras
oí cantar mi sangre encarcelada,
con un rumor de luz el mar cantaba,
una a una cedían las murallas,
todas las puertas se desmoronaban
y el sol entraba a saco por mi frente,
despegaba mis párpados cerrados,
desprendía mi ser de su envoltura,
me arrancaba de mí, me separaba
de mi bruto dormir siglos de piedra
y su magia de espejos revivía
un sauce de cristal, un chopo de agua,
un alto surtidor que el viento arquea,
un árbol bien plantado mas danzante,
un caminar de río que se curva,
avanza, retrocede, da un rodeo
y llega siempre:

México, 1957

ÍNDICE

Este libro se terminó de imprimir y encuadernar en el mes de julio de 1998 en Impresora y Encuadernadora Progreso, S. A. de C. V. (IEPSA), Calz. de San Lorenzo, 244; 09830 México, D. F. Se tiraron 3 000 ejemplares.